Par Colardeau.

HÉROÏDE;

ARMIDE A RENAUD.

*Par l'Auteur de la Lettre d'*HÉLOÏSE*.*

HÉROÏDE,

ARMIDE A RENAUD.

Par Mr. C....

Auteur de la Lettre d'Héloïse.

A LONDRES,

Et se trouve à Paris

Chez N. B. Duchesne, Libraire, rüe S. Jacques,
au-dessous de la Fontaine S. Benoît,
au Temple du Goût.

M. DCC. LVIII.

AVERTISSEMENT.

LE fuccès de la lettre d'Héloïfe à Abailard m'a déterminé à faire un nouvel effai fur ce genre de poëfie, prefque inconnu dans notre langue. Ovide en a fixé le caractere par le nom d'HÉROÏDE qu'il lui a donné. Il prend pour fujet les amours des Héros ou des perfonnages illuftres. Il differe, en cela feulement, de l'Elégie, qui ne chante ordinairement que les amours des Bergers. Cette derniere , en gémiffant fur des paffions chimériques & de pure imagination , s'eft décréditée par fa froideur. L'Héroïde a cet avantage fur elle que , s'appuyant fur des faits hiftoriques , ou fur une fiction reçue , elle a néceffairement plus de chaleur & plus d'intérêt.

L'Epifode admirable d'Armide à Renaud, dans la Jérufalem délivrée , m'a fourni la fable & les fituations. Je n'ai aucun doute fur la bonté de mon fujet , puifqu'il eft celui du chef-d'œuvre de notre fcène lirique. On pourroit , cependant , m'objecter qu'il eft trop connu , & qu'un Poëme & un Opera doivent l'avoir épuifé. J'ai fuivi l'exemple d'Ovide , qui , d'après Virgile , a fait fa lettre de Didon à Enée , & qui s'eft copié lui-même dans celle de Médée à Jafon. Il avoit fait une Tragédie fur ce fujet , qui n'eft point parvenue jufqu'à nous. J'ai donc , comme lui , raffemblé dans une feule lettre & fous un même point de vue les différentes parties d'un Epifode répan-

dues dans un Poëme. Heureux ! fi j'ai
mis à profit les beautés de mon mo-
dele, & fi le fuffrage du Public m'en-
hardit à confacrer quelques veilles à
ce genre de poëfie.

HÉROÏDE;

ARMIDE A RENAUD.

AROUCHE Européen, qui, des
rives du Tibre,

Viens, au fein de la paix, troubler un
peuple libre,

Et qui, dans tes fureurs, nous préparant des fers,

Veux à tes préjugés foumettre l'Univers,

Déteftable Croifé, Chrétien lâche & perfide,

Tremble, cruel Renaud ! ... connois les traits d'Armide.

Tremble ! ce ne font plus ces chiffres amoureux,

L'un dans l'autre enlâcés & garans de nos feux.

Ce n'eſt plus cette Armide à tes loix enchaînée.

C'eſt Armide en fureur , Armide abandonnée ,

Et, pour te peindre encore un plus preſſant danger,

Armide qu'on outrage & qui veut ſe venger.

Doutes-tu que cet art, dont le pouvoir ſuprême

Commande à la nature, aux enfers, au ciel même ,

Et qui, par l'aſcendant d'un charme impérieux ,

Rend un fôible mortel plus puiſſant que les Dieux;

Doutes-tu que cet art , qu'employa ma tendreſſe ,

Ne ſerve également ma fureur vengereſſe ?

Quoi ! ſous le ciel épais des plus affreux climats ,

Sur des monts couronnés par d'éternels frimats ,

Sous ces pôles glacés, où, froide & moins féconde ,

La nature languit aux limites du monde ,

J'aurai pû , dans des lieux ſauvages & déſerts ,

Créer , pour mon amant , un nouvel univers ;

Et je ne pourrai pas, quand le traître m'outrage ,

Ainſi que mon amour , faire éclater ma rage !

Non, non , contre un ingrat armons les Élémens.

Effrayons, par ſa mort, les volages amans ;

Et que percé de coups, fous les murs de Solime,
L'infidele Renaud expire ma victime.

Malheureufe ! où m'égare un défefpoir mortel ?
Tu ris de mon courroux & tu le peux, cruel.
Sans doute tu fçais trop qu'une amante timide,
Tremblante & défarmée à l'afpect d'un perfide,
Foible encor pour l'objet de fon amour trahi,
Sent qu'il eft regretté bien plus qu'il n'eft haï.
Moi, me venger ! de qui ? D'un mortel que j'adore,
Qui me fuit, mais, hélas ! que j'idolâtre encore !
Non, Renaud, ne crois pas qu'Armide, en fa fureur,
Achette la vengeance au prix de fon bonheur.

Il eft vrai : quand l'Europe, à nous perdre animée,
Déploya fes drapeaux dans les champs d'Idumée,
Quand tes lâches Chrétiens, fanatiques cruels,
Vinrent venger leur Dieu dans le fang des mortels,
Tremblante pour nos murs, tremblante pour mon
        pere,
Je jurai, dans l'ardeur d'une jufte colere,
De purger, à jamais, nos Etats opprimés,

De ces pieux brigands , au meurtre accoutumés.

En invoquant les Dieux des rives infernales ,

Bientôt j'allai femer dans vos tentes fatales

Cet efprit de difcorde & de rivalité ,

Qu'entre les Héros même excite la beauté.

De vos chefs imprudens les ames divifées

Offrirent à mes vœux des conquêtes aifées ,

Et je trainai captifs aux prifons de Damas

Ces fuperbes Chrétiens , enchaînés fur mes pas.

Toi feul , cruel Renaud , dans ces jours de ma
      gloire ,

A mon cœur indigné difputas la victoire ,

Et jettant fur Armide un coup d'œil dédaigneux ,

Lui préferas la guerre & fes plaifirs affreux.

Tu fis plus : non content d'infulter à mes charmes

Tu tournas , contre moi , tes invincibles armes.

Des efclaves chrétiens ta main brifa les fers.

Ma honte , mon dépit remplirent l'univers.

Armide , dans ces tems , à la haine livrée ,

Contre un fier ennemi juftement déclarée ,

Étoit loin de prévoir que tu devois , un jour,

Écrafer fon orgueil fous le joug de l'Amour.
Ah ! lorfqu'abandonnant le fein de ta patrie,
Tu portois le ravage aux champs de la Syrie,
Quand le fouffle infecté de ta noire fureur
D'une fureur égale empoifonnoit mon cœur,
Aurois-je pû penfer que, pour toi plus humaine,
J'allumerois l'amour aux flambeaux de la haîne?
Et cependant, cruel, quand ma main dans ton fang
S'apprêtoit à laver la honte du Croiffant,
Quand, vengeant à la fois mon injure & Solime,
J'allois finir nos maux par un coup légitime,
Ce fut dans cet inftant, que mon cœur égaré
Sentit naître le feu dont il eft dévoré.
Si tu le peux encor, rappelle à ta mémoire
Ce jour honteux pour moi .... ce jour de ta victoire,
Si ton ame infidelle en hait le fouvenir,
C'eft, en le rappellant, que je veux te punir;
Supplice encor trop doux pour un perfide, un traitre
Qui l'eft par fanatifme, & qui fe plait à l'être.

J'avois juré ta mort : au gré de mon courroux,
Un fommeil imprudent te livroit à mes coups.

Ah ! Dieux ! pourquoi ma main , dans cet inſtant
      funeſte ,

N'oſa-t-elle percer un cœur qui me déteſte ?

J'ai frémi , malheureuſe , & j'ai craint de frapper !

Mon bras, en t'immolant, poüvoit-il ſe tromper ?

C'étoit Renaud, Renaud, ce guerrier indomptable ,

Ce ſoldat de Dudon , ce héros redoutable ,

Ce deſtructeur barbare , armé contre les miens ,

L'effroi des Muſulmans & l'appui des Chrétiens.

Mais Renaud n'avoit point cette armure terrible ,

Ce caſque enſanglanté , qui le rend inviſible ,

Qui , le cachant alors , ſous ſon pannache affreux ,

Eût enhardi mon bras en abuſant mes yeux.

J'aurois bravé Renaud ſous le poids de ſes armes ;

Mais Renaud déſarmé n'eut pour moi que des
      charmes.

Tant d'attraits brillent-ils au front d'un ennemi ?

Je crois te voir encor ſous un Mirthe endormi ,

Les yeux appeſantis , fermés à la lumiere ,

Mêlant aux doux Zéphirs ton haleine légere ,

Sur un tapis de fleurs négligemment couché,

Tel qu'un jeune arbriffeau vers la terre penché,

Le front à découvert, la bouche à demi clofe,

Charmant.... Semblable enfin à l'Amour qui
     repofe.

Tes blonds cheveux flottoient, à l'aventure épars.

Un Dieu fembloit alors s'offrir à mes regards.

  Dans mes mains, cependant, le poignard étincelle.

Je m'élance vers toi... je frémis... je chancelle.

Déjà je ne veux plus ni frapper ni punir.

J'aime Renaud!... je l'aime!...ai-je pû le haïr?

Quelle étoit mon erreur ?Renaud eft tout aimable!

Ce n'eft plus ce Chrétien, ce mortel méprifable,

Ce foldat fanatique & cruel tour à tour :

Ce n'eft plus mon tyran.... C'eft Renaud!... c'eft
     l'Amour!

Mais que vois-je?Son front eft couvert de pouffiere!

L'ardeur du jour le brule! ô ciel! que vais-je faire?

Une horrible fueur déjà le fait pâlir!

Ah!qu'un baifer l'effuye!...eft-il fait pour fouffrir?

Reçois, mon cher Renaud, ce doux baifer d'Armide.
Ce n'eft plus la fureur, c'eft l'amour qui la guide.
Il dort!...Vents, taifez-vous. Refpectez fon fommeil.
Dieux! qu'il fera charmant à l'inftant du réveil!
Il va me préferer à l'Europe, à la terre.
Il eft fait pour l'amour & non pas pour la guerre.

Pour l'amour! mais Renaud eft né mon ennemi!
Il eft vrai; mais Renaud dans fa haine affermi,
Pourroit-il ... je crains tout ... enchainons ma con-
          quête.
Loin du camp des Chrétiens que le plaifir l'arrête.
Que le tiffu des fleurs, celui de mes cheveux
Le ferrent dans mes bras de mille & mille nœuds.
Partons & dans un char traverfant l'Empirée,
Tranfportons mon amant dans une Ifle ignorée,
Où mon amour jaloux foit certain de fa foi,
Où je fois toute à lui, comme lui tout à moi.

J'arrive : la nature, en partageant ma joie,
Sur d'arides rochers s'embellit, fe déploie,
                                        Et

Et se reproduisant, au gré de mon amour,
Du plus affreux désert fait le plus beau séjour.

Au moment du réveil, quelle fut ta surprise ?
Aux pieds de son vainqueur Armide étoit assise.
Cette fiere Princesse, Armide dont le bras,
Quelques instans plutôt, s'armoit pour ton trépas ;
Redoutant, à son tour, de te voir inflexible,
Paroissoit implorer le Dieu le plus terrible,
Et me livrant entiere à de justes frayeurs,
J'embrassois tes genoux, arrosés de mes pleurs.

Cher Renaud, t'ai-je dit, tu vois couler mes larmes,
Puissent-elles sur toi ce que n'ont pû mes charmes !
Je t'aime, je t'adore & mon cœur enflammé,
Pour prix de son amour, demande d'être aimé.
Au thrône de Solime en vain ton bras aspire.
Renonce à cet espoir. Je t'offre un autre empire,
Un empire plus doux & plus digne de toi,
L'empire de mon cœur que je livre à ta foi.
Quitte ce fer horrible & cet airain barbare.

B

Laisse agir le Croissant & la triple Thiare.

Abandonnons au sort ces intérêts divers.

Ce palais, ces jardins, voilà notre univers.

Viens, fuis moi, cher amant.... viens .... ce sombre
   bocage,

Ce Temple de l'Amour & son plus bel ouvrage,

Ce thrône de gazon, ces ombres, ces ruisseaux,

Le souffle du Zéphire & le chant des oiseaux,

La Nature, en un mot, au plaisir nous appelle.

Le plaisir à tes yeux va me rendre plus belle.

Viens .... tu me fuis ! .... l'Amour, dans nos embrassemens,

De deux fiers ennemis fait deux tendres amans.

L'ardente activité de ses rapides flammes

Fond nos cœurs, les unit & concentre nos ames.

D'un seul & d'un même être il vient nous animer.

Renaud vit de ma vie & je vis pour l'aimer.

Que j'étois loin alors de te croire un perfide !

Rien ne troubloit le cœur de l'amoureuse Armide.

O jour délicieux ! ô fortunés momens,

Où les plus doux baisers scellerent nos sermens!
Au coucher du soleil, au lever de l'aurore,
» Cent fois tu me disois, Armide ... je t'adore !
» Que tu me fais haïr les jours, les tristes jours,
» Où le Dieu des combats m'enlevoit aux Amours.
» J'ai vécû sans t'aimer, ô ciel ! & j'ai pû vivre !
» Pardonne...foible alors & ne pouvant poursuivre,
Tu laissois échapper de tes yeux attendris
Ces larmes de l'Amour plus douces que les ris,
Et te précipitant au sein de ta maitresse,
Passant de la douleur à la plus tendre yvresse,
Tu me faisois goûter, au sein des voluptés,
Des plaisirs toujours vifs & toujours répétés.
Nous expirions d'amour ; mais nos lévres actives
Fixoient, par des baisers, nos ames fugitives,
Ou plutôt nos deux cœurs, émus par les plaisirs,
Voloient de l'un à l'autre & suivoient nos soupirs.

Dans ces embrassemens que je me crus heureuse!
Je me livrois entiere à ta flamme trompeuse,
Et j'étois loin encor, trop loin de soupçonner,
Que mon volage amant voulût m'abandonner.

B ij

O jour, jour odieux, jour à jamais funefte,
Et dont, pour mon tourment, le fouvenir me refte,
Épouvantable jour, que je n'ai pû prévoir,
Dois-je, en te rappellant, combler mon défefpoir ?

Je ne fçais quels mortels, deux Chrétiens que
      j'abhorre,
Secourus par un Dieu que je hais plus encore,
Franchiffant, malgré moi, ces rochers fourcilleux,
Dont les flancs efcarpés te cachoient à leurs yeux,
Viennent, & te parlant de gloire & d'héroïfme,
Ralument dans ton cœur les feux du fanatifme.
Les barbares bientôt, t'arrachant de mes bras,
Du fein des voluptés t'entrainent aux combats.
Tremblante, je m'écrie, arrête, ingrat !... arrête !
Tu ne m'écoutes point ! déjà la voile eft prête!
Je fatigue les airs de cent cris fuperflus.
Ton vaiffeau part, fuit, vole .... & je ne te vois
      plus.

Mes lugubres clameurs rempliffent le rivage.
Je me traine en pleurant vers ce charmant bocage,

Vers ce berceau chéri, témoin de nos plaifirs.

L'Écho, le feul écho répond à mes foupirs.

Par mes cris redoublés vainement je t'appelle.

Foible alors & cédant à ma douleur mortelle,

Je tombe fur ce lit de gazon & de fleurs,

Où mes baifers payoient tes baifers impofteurs,

Où, te cherchant encor, j'étends mes mains trem-
blantes,

Où je n'embraffe plus que des ombres errantes.

O ciel! il eft donc vrai que mon amant me fuit!

Triftes Divinités de l'infernale nuit,

A mes accens plaintifs fortez du noir empire.

Embrâfez ce palais que l'Amour fçût conftruire,

Volez, portez partout le fer & les flambeaux.

Ravagez ces jardins, deffechez ces ruiffeaux.

Anéantiffez tout, l'univers & moi-même.

Mais, épargnez encor le perfide que j'aime.

Qu'il vive! ... il vit l'ingrat & fon barbare cœur

Peut-être eft infenfible aux cris de ma douleur!

Le croirai je, Renaud, que ton ame infidelle
Joigne à ce titre affreux le titre de cruelle ?
M'abandonneras-tu fur ces rocs calcinés,
Sur ces fommets affreux, de ta fuite étonnés,
Où, depuis ton départ, la nature engourdie
Expire loin du Dieu qui lui donnoit la vie,
Où je ne puis, enfin, par mes enchantemens,
Ce que pouvoit un feul de tes regards charmans ?

Non, Renaud : prens pitié d'une amante égarée,
Criminelle pour toi, pour toi dénaturée,
Pour toi j'ai tout quitté, mon pere, mon pays ;
Mes devoirs, mes fermens, je les ai tous trahis.
De quel œil, de quel front oferois-je paroître
Dans les murs de Damas, que tu détruis peut-être,
Dans ces murs malheureux où j'ai reçu le jour,
Dont j'immolai la gloire aux foins de mon amour?
Parle : dois-je montrer à la terre étonnée
Armide dans les pleurs, Armide abandonnée ?
Puis-je enfin fans rougir, expofer à fes yeux
Mon déshonneur ... ce prix dont tu payas mes feux?

Mais, que dis-je ? Eft-ce à moi de redouter la
   honte ?

Je t'aime avec fureur & l'amour la furmonte.

Permets que ton efclave accompagne tes pas.

Traîne moi dans ce camp, où mes foibles appas

Allumerent des feux de difcorde & de haine.

J'enchaînai des Chrétiens …. venge-les & m'en-
   chaîne.

Je ne demande plus à mon cruel vainqueur

Que du beau nom d'Amante il flatte ma douleur.

Dans fon camp, près de lui s'il permet que je vive,

Je ne veux que le titre & le rang de captive.

J'en prendrai, fans rougir, les vêtemens affreux.

Déjà j'ai dépouillé ces treffes de cheveux

D'un front, couvert d'ennuis, inutile parure.

J'abhorre des attraits qui n'ont fait qu'un parjure.

Oui, Renaud, laiffe-moi voler à tes genoux.

Efclave & dans tes fers mon fort fera plus doux.

Quels foins je te rendrai ! quand le Dieu des ba-
   tailles

T'entraînera fanglant au pied de nos murailles ;

Tremblante pour tes jours, je couvrirai ton fein

D'un fer impénétrable & du plus dur airain.

Moi-même je ceindrai ta redoutable épée.

Enfin, que te dirai-je ? A te plaire occupée,

Redoutant de te perdre & marchant fur tes pas,

Armide te fuivra dans le choc des combats.

L'or de ton bouclier, ta cuiraffe pefante

Ne pourront raffurer ta malheureufe amante.

Craignant à chaque dard par l'ennemi lancé,

Que, tout ingrat qu'il eft, ton cœur n'en foit percé,

Le fein, le fein tremblant de la fidelle Armide

Contre ces traits mortels te fervira d'Egide ;

Heureufe, fi bientôt expirante à tes yeux,

Tu connois tout le prix d'un amour malheureux !

Mais, que dis-je ? Où m'emporte un efpoir qui
    m'égare ?

Ah ! cruel, je prévois ta réponfe barbare !

« Armide, me dis-tu, j'ai dû trahir tes feux.

» J'aime un Dieu moins facile & plus grand que tes
 » Dieux.

» Je fuis Chrétien. Ma loi rigoureufe & févere
» M'accufoit dans les bras d'une femme étrangere.
» Aux pieds d'une Idolâtre, en efclave enchaîné,
» La gloire gémiffoit dans mon cœur mutiné.
» Sur des aîles de feu la grace defcendüe
» Chaffe enfin le nuage épaiffi fur ma vüe.
» De mes fens abufés je connois les erreurs.
» Imite moi ; renonce à des plaifirs trompeurs.
»Ne viens point:vis heureufe en oubliant un traître,
» Qui le fut par devoir, & qui gémit de l'être.
» Je te dis, en pleurant, un éternel adieu.
» Je te plains … mais enfin j'obéis à mon Dieu.

 A ton Dieu ! quoi ! c'eft toi qui m'oppofes fon
 culte ?
Ce n'eft donc plus l'amour que ton ame confulte ?
Mais,réponds : dans l'inftant,où maître de tes vœux,
Tu pouvois dédaigner ou couronner mes feux,
Pourquoi m'avoir caché cet obftacle invincible ?

Ton Dieu, dans ce moment, étoit-il moins terrible?
Ah! cruel, libre alors d'aimer ou de haïr,
N'as-tu choisi d'aimer que pour mieux me trahir?

Non, tu n'es point le fils de la belle Sophie.
Non; ne te vante point de lui devoir la vie.
Le Caucase, au milieu des neiges, des glaçons,
Te conçut dans la nuit de ses antres profonds,
Ou la Mer, en fureur, te roulant dans son onde,
Te vomit sur ses bords pour le malheur du Monde
Ingrat, il te sied bien de vanter ta vertu,
D'opposer à l'amour un devoir prétendu?
Va, crois moi : désormais cesse de te contraindre.
Tu feignis de m'aimer, & tu feins de me plaindre.
Quand je vois, dans ton cœur, mon amour oublié,
Que m'importent les soins de ta fausse pitié?
Vis en paix, me dis-tu? Qui? moi, que je respire!
Arrache donc, cruel, le trait qui me déchire!
Où puis-je la trouver cette tranquile paix?
Loin de moi, sur tes pas, elle a fui pour jamais.
Ne crois point, cependant, que seule dans les larmes,

Je maudirai l'Amour, & Renaud, & mes charmes,

Eumenide cruelle, attachée à tes pas,

Je te fuivrai partout, dans ta tente, aux combats.

Partout te reprochant ton crime & ton parjure,

Je te ferai fentir les tourmens que j'endure.

J'en mourrai : mais bientôt, abufé dans tes vœux,

Tu defcendras toi même au féjour ténébreux,

Et, fatisfaite alors, mon ombre enfanglantée

Sans ceffe pourfuivra ton ombre épouvantée.

Les enfers mugiront de mes lugubres cris.

Vois fi tu veux, ingrat, me trahir à ce prix.

Qu'ai-je dit ? Vains projets d'une amante in-
fenfée !

Qu'un plus doux avenir vient flatter ma penfée !

Ah ! Renaud, cher objet des plus tendres amours,

Je vais te faire encor d'inutiles difcours.

Mais, qu'ils foient pour ton cœur ou preffans, ou
frivoles,

L'honneur perdu, craint-on de perdre des paroles?

Va, je ne te hais point ; va, je fens que mes pleurs

Dans mon ame attendrie ont éteint mes fureurs.

Quel que foit ton parjure & mon dépit extrême,

Il eft faux que j'abhorre, il eft trop vrai que j'aime.

Écoute ; tu m'as dis que ta religion,

Que l'amour des combats, que ton ambition,

Et je ne fçais encor quel ferment homicide

Te forçoient malgré toi d'abandonner Armide.

Hé bien, connois l'excès, le pouvoir de mes feux.

Je renonce à mon culte & j'abjure mes Dieux.

Sois le mien déformais. Idolâtre ou Chrétienne,

Armide n'aura plus d'autre loi que la tienne.

Détermine, à ton gré, ma créance, mes mœurs.

Je n'examine rien, foit vertus, foit erreurs,

Tes devoirs font les miens & je fuis tes exemples.

Déjà ton Dieu m'eft cher. Conduis-moi dans fes

　　　　　Temples ;

Heureufe, fi bientôt par des nœuds éternels

Il unit nos deftins au pied de fes autels !

Trop heureufe, en un mot, fi par l'amour conduite,

Ta main, fur les débris de Solime détruite,

Daigne ceindre mon front du bandeau nuptial ,

Si , quittant à jamais un féjour trop fatal ,

Tu me fais voir au Tibre ébloui de ta gloire ,

Affife à tes côtés fur ton char de victoire.

J'ofe exiger ce gage & ce prix de ta foi.

Je pars , dans cet efpoir , pour me rejoindre à toi ;

Et quel que foit le fort qui m'attende à Solime ,

J'y vivrai ton époufe , ou mourrai ta victime.

F I N.

www.ingramcontent.com/pod-product-compliance
Lightning Source LLC
Chambersburg PA
CBHW060905180626
46818CB00004B/1840